l’arbalète

DOMINIQUE SAMPIERO

L'idiot du voyage

(récit)

l'arbalète
GALLIMARD

« Tout ciel m'est un. »
Montaigne,
Essais, III, 9.

MATIN, PROLOGUE
ET PREMIER GESTE

Les voyages m'ont donné à voir des paysages intérieurs, des métaphores de lait et de neige, m'arrachant à chaque fois à la grisaille d'une pesanteur pour plonger nu dans mes pupilles, ébahi, tel un enfant ouvrant les yeux, ébloui par tant de lumière et d'immensité, oui, le soleil est toujours là, dans un second ciel dont je ne soupçonnais plus la présence, et cette autre contrée m'invente un regard, le vol me dessine des banquises, des histoires d'icebergs, avec parfois, entre les blocs de glace, la géographie d'un champ, des petites toitures au fond d'un lac. Des animaux errent sur ces étendues ou peut-être des hommes. J'y vois des traces de pas, de becs ou de pattes. Je crois en ce pays plus qu'en moi-même.

Tantôt la blancheur sculpte des boursouflures, tantôt elle dessine un nouveau lieu, un autre monde au-dessus du monde, avec des clairières, des prairies molles, des terres craquelées.

La page, le nuage. Je voyage les yeux mi-clos, depuis quand ? je ne sais plus. Chaque geste me pose comme un oiseau dans mon corps, me fait chuter de l'Éden, là où les ombres et leur sexe de soie m'attirent. Ma respiration pèse. Mes doigts arrachent l'ivraie du texte. La langue se rétracte dans ma gorge. Les voix se taisent. J'attends le retour et de rompre avec ce qui m'entrave. Ma main est captive d'une parole qui se refuse, tournant en cercles au fond de moi. Où est mon sang, plus haut, plus loin, et son mouvement de comètes, d'étoiles qui tombent, et dans leur chute libèrent la cendre, la poussière des phrases où je suis vivant ?

À part rester dans un ici dont je n'ai rien choisi, rien décidé, héritage de gestes et de silences couchés dans l'herbe, que faire ? J'attends que ma colère ravage à nouveau les sources.

Je ne sais rien de moi : j'ouvre les mains pour lâcher la corde. J'accumule des éclats d'ombre, des éclaboussures. Assis, c'est dans mon dos qu'arrivent des soupirs d'arbres clairs, d'oiseaux, de vents furieux. La pluie me frôle de son toucher de femme. J'ai son odeur entre les mains. Son haleine cherche ma bouche. L'os de mes doigts fouille. Je m'adosse à l'oracle. Sa plaie est une épée. Ensuite j'entends la lumière s'effriter, bruissante de villages, de corps enlacés, de neige d'amour le long des lits. La nuit me fait un lieu entre les paumes, un ici au ras du ciel. Ce premier jour est mon hublot.

Penché sur l'écriture, plus jamais sur les élèves, ni aucun autre métier, ma vie tout à coup prend cette acuité que je réservais aux moments d'étreinte avec la page, avec un moi-même à vif. Je prends la langue au sérieux. Presque autant que le ciel. En retour, elle me donne un visage. Cela ne veut pas dire que j'écrive bien, ni que ma grammaire et ma syntaxe soient exemplaires, non, plutôt que le déroulé de la parole, m'entraînant là où il veut, nourrit aussi le mouvement de mon sang. Mes prétentions sont inutiles et idiotes. Si mon trait et mon esprit parlent seuls, je ne suis pas entier. Il faut que s'engouffre ce qui, bien avant moi, remuait dans la langue. Il est beau ce désordre où le mot se prend pour la chose, et la chose pour rien. Où la matière, au moment de naître, ruisselle encore de chaos et de nuits intactes.

Tenter un souffle, tailler le rien à ras, sarcler, bêcher, épouiller les fougères grouillantes encore de fines gouttelettes de pluie. Tuer, d'une poignée de terre, le petit papier. L'horizon, je le laisse doucement s'écrouler. Quelque chose tombe en moi, remue, le saisir ne sert à rien, au contraire, sa chute m'entraîne ici, au plus bas, dessous le monde et la nuit, dessous le matin, là où les soleils, en dévalant, plombent le néant, le constellent de petites lampes aveugles.

Le feuillage devant ma fenêtre mange le ciel, la maison d'en face — pourtant c'est l'hiver — et la nacelle d'une glycine tisse entre ses branches une cage à courants d'air. Je veille sur ça. Sur ce qui minutieusement me brûle. Je l'attise de mon haleine.

Je sais frotter la pierre avec mes doigts, ma salive et ma langue, la polir de pages qui couvent d'une plénitude accroupie dans la rouille ; le rire des flaques entre en moi ; une ombre est là, vivante, un peu plus claire à chaque phrase et son regard abrite ce qui ne peut me rejoindre, avide de tenir parole, de laisser trace.

Terre natale, ce murmure où l'effacé est un jardin de fosse commune, de débâcles, de corps emmêlés aux chairs, aux cailloux, aux racines, et où tendre l'oreille donne visage.

Ma présence, et ce qui, tassé en elle, tourne, me traverse, comme si le regard libérait les arômes où trop de jour couve, blesse les pupilles, pousse finalement un peu de mémoire à sécher.

La parole, l'horizon, le ciel. C'est cela le jour. Ce mouvement de l'intouchable sur ma bouche. Le vieux pays n'a pas de tombe. Il erre pour me dire qu'il est sans âge et que l'éveil garde la blessure ouverte. Les oiseaux se changent en prières. Les forêts, en guenilles. Les chemins, en corps de l'homme. Je remonte le mien comme une rivière.

C'est le deuxième voyage, celui assis, immobile, dans la furie des blancheurs, là où le manuscrit vacille, palpite et, dans son sang, coule l'autre vie, la présence.

Il suffit de poser le oui bien à plat devant soi, sur la table ou la page, peu importe, un oui en forme de fruit, de pas-grand-chose, bouquet de fleurs, d'éteules, miettes de nuages sur un buisson, grain de blé, brin d'herbe, un oui qui ne se voit pas, qui ne croit en rien d'autre que lui-même, décision simple, geste intérieur, comme aller au-devant, ouvrir grand les portes, les fenêtres, la phrase ensuite s'occupe du reste.

Je cultive ce oui depuis mon enfance. On a tenté de me l'arracher. De le recouvrir et de l'enfouir. Y renoncer, alors que je ne sais encore rien de lui, ni son nom ni sa forme, eût été m'aveugler du dedans, me crever les yeux de l'âme.

Ce oui ne m'a jamais quitté. Je ne peux pas dire grand-chose à son sujet. Il a parfois un visage de femme. D'autres fois, c'est un parfum. Une façon de marcher dans l'herbe, la campagne, le vide dans les poches.

Il a quelque chose à voir avec le jour, le sang, les larmes. Il est le mouvement de tout ce qui me traverse. Je m'en remets à son éveil et à sa grâce. Il est moi autant que je suis lui. L'espace d'une seconde, il prend toutes les formes puis me laisse pantelant, inanimé. Sa vacuité m'emporte. Je l'accompagne, tête baissée, en toute confiance. Il est mon geste, ma ligne de flottaison. L'arbre de ma présence. Fermer les yeux l'invite derrière les paupières. Pas d'océan ni de navire. Juste mon pas sur le monde.

ICI VOYAGE

J'aimerais trouver entre mes lèvres un sujet, un seul, qui me donne envie de l'aimer, de l'embrasser, de le déshabiller, quelque chose dont le goût envahirait ma langue, ma salive, et remonterait le long de ma gorge jusqu'au fond de la grotte, là, derrière le mica de ma tête, quelque part où sans le vouloir ma brutalité dort, parler de quelque chose qui m'entortillerait à lui, aux branches noueuses de sa présence, me disperserait puis me rassemblerait dans sa laine, ses chuchotements, ce serait le sujet idéal.

M'emporter là où d'avance je sais ce que je dois faire avec un plan plus ou moins tracé, me paralyse, m'étouffe, m'exaspère.

Écrire est un geste. J'aimerais m'emparer d'un objet humble, le bol de thé ? la table en châtaignier ? la fenêtre ? je ne sais, et lui consacrer ma vie entière.

Longtemps le lieu où je vis a pris la place de cet amour. Aujourd'hui encore, scruter un arbre, un chemin, une odeur planant sur les terres comme une brume, suivre des yeux le vol d'une brise ou d'un épervier est un état second, une transe si douce qu'elle me fait oublier. Mon corps n'a plus de poids. Mes pupilles frémissent. J'ouvre mes narines sous la verrière de mon regard. Des fleurs y jettent leurs robes foraines. Les mouvements des bouquets me grisent. Je suis de retour.

Le torse des chemins, la fontaine haut perchée d'une averse, l'horizon, au fond, comme une surprise mal rangée dans l'armoire et quand on ouvre, derrière, un peu de poussière salit les manches, le fraisier de la brique, les charpentes en papier carton, les trous dans les granges, dans les haies, qui poussent comme des roses géantes, le ciel en entrée de jardin : toute une vie de rien, de miettes sur la table, d'horloges avalant les saisons. Je me promène de temps en temps dans cette mémoire, je ne piétine que moi. Je me traverse. Tout cela est si présent que je le tiens complice, au bord de moi. Au bord de l'ombre.

Je n'irai pas plus loin. Si je ne sors de cette impasse, je veux mourir là, tout de suite, me laisser manger le regard et sentir que tout m'aspire, que sous la peau de mes plaies, je n'ai plus d'âge. Où est mon apaisement ? Quel sujet invoquer ?

Ici, c'est pas grand-chose. Il faut le voir pour le croire. Du vent. Quelques maisons. De la terre, des briques. Du macadam. De l'air et beaucoup de silence. Une autre façon de dire *je*, minuscule, du bout des lèvres, à peine un souffle, on ne sait plus qui parle, c'est à peine audible. Ou alors on hurle, mais ça ne change rien. L'énorme bruit que fait la voix est un grincement de porte, de poulie, de roue de chariot : on voudrait recouvrir l'horizon avec, comme on fait pour les morts quand le cercueil est tout au fond.

Les jours se suivent et se ressemblent. Sauf par un détail. Pour échapper à l'ennui, il faut le retrouver, ce pli minuscule, ce défaut qui devient ornement : c'est une question de vie ou de mort. Chaque matin, les gens cherchent le détail et ce qui a changé dans le paysage, sur leur trottoir, n'importe où, en face, dans le regard du chien, le chant du coq, à l'ombre de la grange. Ça donne des caractères patients, pointilleux, minutieux, on cherche, on cherche, peu importe ce qu'on déniche : on fait ça simplement, par habitude, par souci de l'à-peine quelque chose, du rien du tout. Parfois, on ne trouve rien et on s'énerve. On voudrait bien éteindre le ciel et plier la longue ligne en dessous, comme un décamètre d'arpenteur, c'est fatiguant l'horizon, vous ne pouvez pas savoir, mais non, impossible, l'éternité est la plus forte. Alors on baisse la tête, on marche droit devant, on fait avec.

Quand on entre dans un bistrot, par exemple, tous les hommes, debout, devant les bières — il y a généralement un chien, un ou deux enfants, une ou deux femmes qui vont avec, puis de très grosses voix mâles en majorité —, eh bien quand on entre dans un bistrot, c'est frappant : sous la brume des roulées soudées aux lèvres, tout le monde a gardé un peu de ciel pardessus la tête, un peu de graisse ou de terre sur les mains, et chacun y va de son éclaircie, de son averse et, si l'on ne comprend rien aux conversations, il y a des aboiements, des coups de tôles et de tonnerre retournés par le vent, ça au moins, c'est clair.

Pour être du village, il ne s'agit pas d'imiter ou de se donner des airs, non, mais d'arriver comme eux à apprivoiser un bout de ciel et son néant tout bleu. Car ici les auréoles se gagnent à la bière, au malheur et en se retroussant les manches. Elles ne donnent pas droit à un siège marqué par une plaque à son nom à l'église ni à une entrée garantie au paradis mais vous laissent une place debout au bar du commerce, et pas la peine de pousser des coudes, les autres vous attendent, ils ont laissé un petit creux entre leurs bras et leurs grandes carcasses. Oui, ici, les gens s'attendent les uns les autres, c'est bizarre, ils se connaissent tous, un seul vient à manquer et on s'inquiète, l'horizon surveille tout ça, et tout va bien, pas besoin de gendarme, il est exigeant le ciel.

Savez-vous ce qu'est vivre avec du ciel partout dans son dos, dans son sommeil, par-dessus le toit, à la cave, et tout autour ? Non. Le ciel des villes, c'est de la bibine. C'est comme un loup au zoo. Un éléphant dans un cirque. De toute façon, le ciel viendrait à s'éteindre, ça ne changerait rien. Il est dans le ventre des gens d'ici. Dans leur sang. Dans leurs mains. On en voit des petits bouts dans les yeux et quand les vieux meurent, c'est pas grave, on enterre le ciel avec. Qui pourrait s'imaginer que, dans les cimetières, dorment, sous la terre et le granite, des hectares de ciel ?

Il pleut une lumière du *non*, un rideau épais de présence et tendre l'oreille à ce qui m'oppresse me délivre des aboiements, des craquements et des silences, me donne des nouvelles du lointain. Le ciel est une moitié de mur. Je me tais dans cet espace minuscule. La foule des arbres se balance. La mort est cette pesanteur grise, immobile, ce creux dans l'espace, bourreau de l'espace immense. Je risque un pas. Rien.

Je change avec le ciel, avec ce qui, dans le ciel, ne change jamais. J'avance, les yeux ouverts, au cœur de cet *immense* aussi large qu'un regard et parfois mes lèvres battent comme des papillons, peu importe, la silhouette du mot me suffit, même inaudible, muette, sa danse m'entraîne plus loin.

Cette promenade, je peux la faire les yeux fermés, et peut-être l'ai-je parcourue la nuit, en dormant : mon corps est sa maison.

Je suis aveugle d'une lumière qui, chaque jour, me traverse et me brûle, aveugle de l'insensé des choses lorsqu'elles prennent une immobilité contagieuse, un tournoiement dans la matière à l'endroit où elle se dérobe, un ciel de blessure, oui, le matin lève dans le bol, le verre ou la lampe, un seul geste vers eux est une aurore.

La lumière ici ne lâche jamais sa proie. C'est quoi, au juste ? trois fois rien. De l'herbe. Des clôtures. Du vent. Un mouvement dans la béance infinie des choses, leur sommeil léthargique, quand leur aspect le plus banal, le plus inoffensif, me rend plus vrai le sentiment du minuscule et qu'au lieu de me conduire au centre même de la plénitude, il me laisse là, vacant, infiniment vacant, tel un enfant abandonné, par qui ? par quoi ? Rien justement. Tout cela n'emprisonne ni ne clôt rien.

Donc je marche. Je ragaillardis mon corps. J'oxygène et j'aère ce vide en moi.

J'ai senti cette terreur dans le regard d'autres habitants. Ils ne pleurent pas, ils ne rient pas. Leur douceur est une petite mort.

Au début, la pluie, au bord des branches, accroche une agate. Un bourgeon de verre. Puis essore les visages comme des loques.

Je me tais : une autre phrase me prononce dans la grisaille. Un peu de vent balaie mon visage et ma bouche, les pousse, feuilles mortes, dans les flaques.

Le sexe des femmes gonfle comme un fruit entre mes mains, une salive entre mes lèvres. J'aime surprendre au bas du ventre cette étoffe fragile, dentelle froissée de poils tièdes, la conductrice ne dis rien, écarte un peu les jambes, mes doigts cherchent, les tissus se font rares, étroits, j'y pose l'escargot de ma bouche. Il est facile de mélanger les chairs. C'est le rêve des voitures qui me croisent.

Chair froide dans ma bouche, ma langue.

Je voudrais choisir une scène simple, quelque chose de la vie ordinaire, le prendre à pleines mains, à pleine bouche, et le décrire au plus serré de sa beauté. Les hommes et les femmes qui m'entourent, dès que j'en parle, vibrent étrangement. Leurs yeux, leurs visages, et leurs mains dansent devant moi, avant toute parole. Faire leur portait est une flamme. J'essaie encore. Je me concentre. Les herbes ont envahi leur regard. Dans ce désert végétal, nulle présence humaine. Le vide repose, apaise et fauche toute idée à se coucher en terre. Le plus haut exemple de silence est un peu de vie ramassée sur elle-même. Humains et silhouettes : déjections du ciel.

L'urgence du désir s'enroule puis se dessèche brûlée par tant d'horizon. Les averses aboient, piétinent et brisent les couvercles.

J'avance dans cette absence sans récit, sans mémoire, le mot à mot est mon visage. Au-dessus ne se cache rien. Je ressemble au village qui me porte et se blottit en moi, dernière limite de la lumière. J'ouvre, je ferme les yeux. Le temps s'écroule ainsi, au plus près, au plus proche. Cela m'occupe des heures, puis des jours. Des semaines entières. Bout à bout, des années. On ne sait plus à quel moment on s'accroche : on ne veut plus que cela change.

Chacun ici est à la même besogne, comptant ses pas entre la mort et la mort.

Quelle magnifique douceur dans la grisaille ! Quelle splendeur dans l'engourdissement des nerfs ! Ce n'est pas triste. Si le soleil déchire tout ça, on sursaute. On ne croyait plus à la lumière. On avait dressé l'ombre en icône. Dieu a des absences qui durent.

C'est ça, le village, une lenteur comme une rivière, un couvercle, un étouffoir : des branchies et des ouïes jaillissent, sur les pores de la peau, on respire. On est dans l'interstice. C'est ça, le village, le luxe du rien, l'ébahissement d'être, et plus loin encore. Personne ici n'a peur du jour aussi noir que la nuit.

J'en reviens toujours à ça, est-ce pour rompre ?

Vivre ici exalte le plus pur de la mort et son invitation à embrasser le creux, l'intervalle, à prendre dans son sang les longues prières de la plaine, la force des briques soutenant la grisaille en toitures avant qu'elle ne s'effondre en moissons dans les sillons.

J'en reviens toujours à ne pas être, à me débarrasser,

à me clore dans ce que je ne vois pas, derrière la fenêtre, à exaucer cette petite nuit en quatre carrés longs, et qui me scrute, de l'autre côté, beau fleuve de velours troué de portes et de façades.

De temps en temps, j'appelle mes voisins : on mange, on parle, on refait le monde. Dans la rue, un peu de vie agite les bras, les mains, prend des enfants en otage et, pour quelques heures, s'amuse à rire, à crier, à courir vers où ? vers quoi ? nulle-part, le long des trottoirs jusqu'au bout de la rue. Puis on revient sagement, on ferme les portes et les fenêtres, on éteint les lampes. Pas la peine. La nuit et le jour ont la même gueule.

Est-ce une tache, sur le mur ? une flaque ? un peu de lumière égarée ? Assis sur la chaise en paille des quatre sœurs jumelles de la cuisine postées autour de la longue table monacale, j'attends.

Le ciel troue mes phrases qui s'endorment, se reposent, lovées comme des chattes paresseuses. L'air scintille par moments dans l'espace avec un vrai relief de briques et de tuiles, de feuilles vertes — la glycine — ou rouges — le prunus.

Ne rien faire, ne rien être, ne rien dire. Quelque chose va apparaître dans ce creux. Le miel des abeilles ? deux taches de thé comme deux soleils sur mon carnet ? L'immobile est une vague douce.

Trente minutes pour arriver en bas du cahier et franchir l'horizon d'une seule ligne. Je regarde cet unique rectangle couvert de signes : le tracé de mon écriture vibre comme les nervures d'une feuille traçant la lenteur qui parle toute seule.

Je sens fondre mes yeux dans ma bouche et une chaleur au bas du corps irrigue mon ventre, m'inonde d'une semence invisible. Le ciel me traverse, s'écoule par mon nombril. Par mes paupières et le sommet de mon crâne. Une lueur enrobe chaque objet : le lait du monde est devant mes yeux. Je suis là. Et je suis loin. Dans une autre vie. Et plus proche d'ici qu'à tout autre instant. J'ouvre les lèvres. Je m'abandonne. Je voudrais que cet instant dure. Est-il possible de vivre dans cette jouissance de la lumière, comme si la chair, chaque intimité de mon sang et de mes muscles étaient seulement la présence. Alors je m'exalte, je cherche. La matière, autour de moi, me semble rare et précieuse. Je creuse, je tâtonne, je caresse.

Je biffe. Je barre. J'arrache et je blesse. Ça vient ? Ça commence ? Non. Étang où recommence le bord, unique manière de renoncer les yeux mi-clos, cérémonie minuscule, la première page est laide. Elle ne prévient jamais et pose le corps dans sa longue nuit, papillon se cognant à la grille des nerfs, du sang, des muscles. Elle ne dort pas au contraire. Elle ouvre sur ce qui n'a pas de fin, une sorte d'hiver où s'empile dans la blancheur souillée un immense effort pour se réchauffer. La main patine. Le mouvement est inhumain, circulaire et consiste en un glissement continu, une dérive. Des moments brefs, de sursaut ou peut-être d'inquiétude, on ne saura jamais, pourraient creuser des trous dans la ligne, mais non, l'horizon ne peut s'interrompre. La première page est laide et dure tout au long de quelque chose que peut-être on appelle à soi. Elle est une lourde trappe. Un lac gelé. Un linge sur la poitrine. On y entre corps entier, en aiguisant un monde sans mur où la nuit est le trône du ciel, le soleil, un front vif sur le pare-brise. J'apprends à regarder ce qui s'en va, à aimer l'unique rencontre de ce qui résiste. Ma main est tantôt un désert. Tantôt une grotte. Je n'ai aucun secret à part cette valise blanche où je me dénude de vêtements que je n'enfilerai jamais. Je cherche le feu de la vélocité, les pupilles de rafales plus haut, plus haut et je me penche, je me penche : ce qui avance est si petit qu'il faut m'agenouiller, prendre entre mes doigts cette fragilité qui va peut-être me briser. Car au milieu de moi dans un coin de larmes et de cœur, les jours ont déposé une parole que personne n'a remarquée. Je ne sais pourquoi j'ai besoin de cracher ce soleil qui tombe comme si c'était mon corps. J'use de toutes les astuces pour l'appeler à moi. Ce qui me sert de guide est le point où tout cède et où sans défense mon regard est mordu par ma bouche. La première page est laide de cette laideur qui retient le regard. Les griffes, les rides profondes marquent le refus et tout ce qui en elle a lutté, résisté à l'élan. Je reviens souvent à son visage. C'est lui qui me donne à nouveau l'étrange lever de ma léthargie. J'attends que quelque chose m'entraîne là où je suis. Les minutes passent. Je suis transpercé d'une langue que je n'ai pas apprise. Il me faut en tirer les échardes une à une.

Mais ce n'est pas cela encore le sujet idéal. Brûlant toute ma vie la phrase œuvre à manger les ténèbres en moi.

Les femmes par exemple. Poser le mot est indécent. L'écrire au pluriel sonne la conquête. J'appuie ma paume sur cet abîme. Devant mes yeux remontent des corps qui me baignent dans leur mirage. D'abord sous un fourreau, là où l'on jette vite les doigts, pour sentir, toucher l'endroit comme s'il nous rendait plus forts, plus vivants. Le premier contact est un peu châtaigne. Quelques brins d'herbe revêches, leur picotement dans la pulpe, et l'index effleure plus bas la bouche pleine de salive. Les poils s'écartent, dansent un peu. Les lèvres se chevauchent, s'inclinent. Tous les baisers y dorment. Le fruit dans l'herbe est un petit dieu humide. Un bourgeon à l'entrée gonfle doucement. La peau s'illumine et des envies de mordre, de mourir poussent hors des chemins. Souvent, je baise les seins. Ma main bouge encore sous la pierre douce. Je viens poser ma langue sur la soie de ces larmes. L'autre bouche cherche ma verge. Je pourrais boire ainsi jusqu'à m'évanouir, m'endormir avec cette joie sur la langue, un peu sucrée, poivrée, à peine amère, disparaître dans ce ruisseau clair. Sur cette rosée, ma bouche est un escargot. Une solitude me possède de toute sa soif. Je m'enivre dans ce tourbillon. Non, je m'incarne. Mon corps est celui de l'autre. Je suis son ombre légère. J'épouse la source et son étreinte. Non. Elle jaillit aussi entre mes jambes. Je la sens comme un faucon monter dans mon ventre et tomber doucement dans la gorge de celle qui m'a dénudé à son tour. Je laisse une langue me lécher, m'apprivoiser, et la plaine me recouvrir.

Certains matin, il m'arrive de rester froid, inerte. Je regarde devant moi. L'image est blanche comme une attente collée sur le papier. Je murmure des prénoms tendres. Je caresse les jambes longues et fines d'un souvenir.

Je rejoignais ce souvenir chaque mardi à 17 heures précises dans la 107 d'un Novotel, douche, télé avec télécommande et bar compris. Les corps étaient parfumés. Les gestes tremblants. L'adultère crée une douleur qui finit en fontaine.

Dans ce genre d'établissement, le bureau de réservation est éloigné des chambres situées dans un autre corps de bâtiments. Ce qui facilite les transactions. Et le dédoublement de personnalité. En un éclair, je devenais représentant en je ne sais quoi et posais les 190 francs en liquide pour qu'on ne puisse lire ma dépense ni sur mon chéquier ni sur ma carte bancaire, en échange d'une lourde clé qu'on me conseillait de laisser à l'intérieur.

— C'est juste pour une nuit, je démarre tôt, vers trois ou quatre heures...

— Vous comprenez, Monsieur, c'est à cause du vandalisme, il y en a qui partent avec les meubles ou qui laissent la porte ouverte, n'oubliez pas de la reclaquer derrière vous !

Puis je rejoignais la fugitive. Nous nous jetions l'un sur l'autre comme des oiseaux sur la plage plongeant et glissant entre les vagues. Je prenais mon Albatros par les épaules et le faisait rouler sur mes hanches. La première étreinte écartait les vêtements sans les ôter. La chair et le linge inventaient des chemins, des caresses plus fortes que la nudité. Des plis de peau et d'étoffes.

Nous nous réincarnions l'un dans l'autre. Pour masquer les cris, les gémissements, le voyage durait quelques émissions de télé.

À vingt heures je rentrais chez moi les traits apaisés, une douce chaleur au bas du ventre : tu n'es plus le même après ton cours de yoga.

La bénédiction de ma compagne sur mes mensonges et les bienfaits de ces séances n'arrivaient pas à me réconcilier.

Je tombais dans une tristesse où à force il me semblait flotter.

Cela aurait pu durer. Il paraît que non. Ce genre de cataclysme s'achève par le retour impromptu du mari. Ou la découverte d'un cheveu par l'épouse. Ni l'un ni l'autre en ce qui me concerne. Le désir d'en finir, tout simplement, de réunir en une seule personne l'épouse et la maîtresse. L'adoration, le désir et la présence.

Longtemps, il m'a semblé qu'écrire était la recherche de cette parole unique. Comme entre ces deux femmes, j'ai vécu écartelé. Il y a une faille sous ma maison. Un manque sombre et profond. Le propriétaire avant moi y a creusé un puits. J'ai hérité d'une servitude couchée noir sur blanc dans l'acte de propriété. Si mon voisin veut de l'eau, il a droit de passage. Je me suis habitué à cette mitoyenneté. Jamais assez de lumière n'entre dans la matière des mots, des choses. J'écarquille les yeux, la phrase. Ou bien je m'endors en elle. Pour la laisser déferler. Je sens une oscillation grandir. Un balancement majestueux. Vivre me dérange. Me lever, m'habiller, travailler m'ôtent du corps toute quiétude, usent mon émerveillement. Agir et être s'entrechoquent. Et parfois se brisent. Écrire me redresse, me tient debout. Je sors en claquant la porte. Mon cœur n'est pas un refuge mais une source.

Le long baiser de la blessure, et puis cette page devant moi, aveuglée, aveuglante, où un seul geste est comme une ombre, un arrêt de mort : je fatigue mon sang dans la jouissance. Ma pourriture est solitaire.

Je refais la nuit, ma sœur jumelle, à mains nues. Le village est mon bourreau, et sa lumière de briques, de ciel, ignore l'homme, et toutes les flaques. Ici, le moindre buisson se prend pour Dieu. L'Éden s'abat sur moi et me brise. Je me dépouille de mes mûriers. Du rideau de fer de mon regard. Je m'éloigne du mouvement infini qui m'essore et tord les arbres, les blés comme des chiffons.

La réclusion est mon refus. Je me séquestre, et c'est nulle-part, dans les oiseaux, les fontaines. Je veux tout connaître. La mort du papillon. Le corps éclaté, méconnaissable des fourrures sur la route. Anéantir mon visage sur les grilles des calvaires. Crever le déluge des apparences, mordre, aboyer, mordre.

Ce qui jaillit de mes épaules, je le piétine. Je creuse mon sang dans le ventre des femmes.

Ferai-je naufrage, enfin, au cœur pur de la fugue, appuyé sur ma nausée du poème ?

J'ai faim d'une beauté froide, de ciel glacé. J'étouffe l'été sous l'or des tuiles. J'égorge le chien de mes paupières, afin de mieux aimer le poing de ma faillite. Je joue sous les robes. J'écarte de mes mains le règne qui vacille.

JOURNAL DU CANADA

J'ai beau arracher les pages, biffer, barrer, recommencer, le livre n'est jamais pur. Le soleil tantôt se dérobe, tantôt l'inonde. Il me faudrait tenir le souffle plus haut, lever la tête, porter la phrase au plus intime et peut-être alors voir se lever le jour.

Je cherche ce qui m'exalte. Puis ce qui m'abaisse. Quelques mots cloués ici vont-ils m'apprendre à vivre, à aimer la présence, l'instant ourlé ? J'ai perdu mes repères. Ma maison est chamboulée. Je suis devant un lac dont l'immensité m'efface. Je n'ai plus d'espace pour écrire, à part cette table circulaire, en acier et en verre, très petite, nichée au bord d'une immense fenêtre.

Lac Utopia. New Brunswick. Canada. C'est ici que me viennent ces pages informes, rongées par des forêts immenses, enchevêtrées de bouleaux, de sapins, de petits chemins mangés par les racines, de rivières qui longent les maisons jadis en bois, aujourd'hui en plastique, striées tout à coup du hurlement des hors-bord ou des motos de mer venues chahuter la faune et la flore, éparpiller les oiseaux loin des feuillages.

Dix minutes, chaque matin. Un homme réveille un moteur qui fume, pétarade, crache. S'élance. Puis un autre. Debout sur un requin rouge, ils parcourent la crête de leurs remous, en se croisant, sur les huit hectares d'eau-silence. D'immenses vagues semblent naître de l'étendue mate vomissant un peu d'écume sur les berges. Puis les engins se rangent. On est content. On a franchi. On a sali. Sur les bords, on a roulé les cailloux. On a fait du bruit d'existence, du bruit d'homme avec beaucoup d'argent. Le tee-shirt et les coques en plastique claquent de couleurs fières d'elles-mêmes.

Je pagaie énergiquement dans mon canot pour échapper au flot qui voudrait me soulever, renverser mon équilibre. Je pleure de ce saccage qui semble injurier la brume encore fraîche, violée par la fumée du kérosène.

Je hais pendant quelques secondes mes frères. Le mouvement de mon bras, la sueur, le retour au calme blanc des flots éloignent très vite cette image. En d'autres jours, d'autres lieux, je suis comme eux. Celui qui saccage l'immanence de la matière.

Il y a une peur des grands espaces. L'homme qui n'a plus rien à conquérir est envahi à son tour par l'ici et, quand il se débat, l'eau du silence se referme sur lui.

Pour résister, les femmes mangent. Leurs seins prennent la forme de leurs cuisses, leurs cuisses de leurs fesses, et leurs fesses débordent en plis d'écorces blanches, fripées, plissées. Elles sont vendeuses dans des petits commerces de Coca, hotdogs et fries family. Je n'arrive pas à détacher mes yeux de ces montagnes de chair qui ont gardé un visage fin, des airs et des regards de petites filles. Puis, sous le menton, immédiatement, un affalement de peau : un raz de marée voudrait remonter leur corps, étouffer, manger leur visage. Je comprends ces femmes. Moi aussi j'ai peur ici. Je ne sais de quoi ni pourquoi.

Ai-je dormi ? Quelqu'un, par-dessus mon épaule, a-t-il écrit ce mot sur la page ?

Les cinq lettres brillent comme une étoile. Je marche à reculons dans le texte pour m'extraire de ces ténèbres sans contour.

Je cerne sa couleur de taillis, là où les ombres et les épines se déchirent. J'y vois mon visage et mon corps, en floraison. Le chuchoter rend plus fluide les flammes de la phrase.

Le terme est souple avec des encoches pour les mains. La fouille et le furetage.

Le vent y implore des arbre roux. Des dragons. Des famines tressées de visages creux, d'ombres prêtes à se noyer. La boue prend racine dans les flaques, les éclaboussures.

Il pleut serré, de droite à gauche, le lait de la brume s'écoule ainsi. Le paysage me répond.

J'ai peur de m'éteindre, de ne plus savoir assembler ces mots, ces phrases qui dans leur beauté me rendent utile à moi-même. J'ai peur de la paresse qui ronge mon regard, étouffe l'envol. Mon savoir est ce frisson à la surface du lac, presque rien, quelques rides sur la page et son éternité pubère.

Je me suis baissé sous un arbre en travers du chemin pour aller regarder une cascade. Une femme et une jeune fille ont sauté dans les remous, riant de leur disparition dans l'écume rouge. J'ai compris dans cette joie et cet abandon comment ne plus craindre. Ma cascade est ici la page et ses courants.

La voix pousse dans la chair le soc de sa solitude labourée. Et les deux souffles incendient mon chant qui attend de brûler. Je le murmure, le chuchote, le palpe : il s'échappe à nouveau.

Je suis posé sur le sol emmêlé à mes propres broussailles. J'entends la troisième syllabe.

Écrire alors me rend aux arbres, aux fruits, incline mes mains comme l'orge sous l'orage. Ce qui commence m'enfouit dans un regard plus long, plus vaste : ma chair d'homme est une eau douce où je couche ma joie baignée de larmes. J'attends la longue foulée qui me devance, le pas souple d'une langue, qui, bien avant mon pas, projette mon corps. Courir est ce mouvement de l'eau dans mes muscles. Mon visage boit la fraîcheur où naissent les prairies de mon dos.

Je me lève tôt. Nous vivons à quatre dans un six cents dollars tout confort. Barbecue au gaz. Micro-ondes. Canoë. Moteur électrique sur youyou bleu ciel. Pêche au lancer. Fleurs en plastique. Six chaînes télé dont une en français. Réserve d'eau douce réfrigérée dans bonbonne bleue. Canapé et fauteuil blancs à lignes vertes. Téléphone d'un style différent dans chaque pièce. Baxter 2 % lait partiellement écrémé. Corn Flakes et Aincient grains. Mais pas une seule table pour m'isoler et écrire. Je détourne la petite ronde en verre sur pied d'acier prévue pour les cocktails en plein air. Le matin, je me faufile dans le silence des miens et leur sommeil encore lourd du sang profond et, sur la table-bar, je griffonne un visage au miroitement qui, à travers la baie, me scrute sans sourciller.

Combien de lacs chantent ainsi sous le bruissement de la pluie une fureur enfouie déguisée en Seigneur ?

À battre ainsi l'air et la terre, l'horizon naît du froissement telle une étoffe tirée de dessous la nuit.

Je parle. Je prends congé de la grisaille qui, s'éclairant du dedans, me rend au balancement des algues.

Ce qui commence ensuite est un mot brisé ; à travers lui déferle la langue qui pleure, saigne, se déverse dans le coma de la main droite. Les boues s'enlacent aux pieds puis aux jambes : c'est ainsi marcher dans la rivière, un mélange de vase et de clarté.

Lundi. Nous descendons la San Roy dans trois canots. Au bord de la rivière mes craintes s'apaisent : le mouvement emporte mon souffle, encourage mon regard à se couler en lui. Tant de fluidité et de transparence m'exalte.

Les aigles s'éveillent sur notre passage. Ils décollent au dernier moment, nous dévoilant leur immobilité confondue aux branches. Leur vol lourd pèse sur nos rames silencieuses.

Quelques-uns jettent leurs vêtements et tentent de faire entrer la pureté dans leur corps. Mais l'ombre à chaque fois reprend le dessus.

La nuit, nous campons dans des ténèbres épaisses, aux odeurs de vase et de résine, si épaisses qu'elles font pleurer les coyotes.

Mardi. La force du bras pour éviter le roc, la soumission entière des muscles au mouvement des rapides me donne provisoirement un autre corps.

La joie coule comme un fleuve. Descendre une rivière, c'est aller avec elle, toujours devant, toujours plus loin — qui elle ? — et sentir les berges toucher la beauté de l'air : le fleuve est de l'autre côté dans cette réalité qui me semblait morte.

Des troncs immenses jonchent le fond comme une autre terre à atteindre derrière les yeux, le fond, tout au loin, en dessous, une cité enfouie. Dans mon frêle esquif, je vole sur ces ténèbres, un champ noir de mamelles et de racines, une préhistoire ocre de gestes qui aujourd'hui nous lèvent dans lc solcil.

— Ce sonts les arbres qui n'ont pas atteint l'autre bout de la rivière, me lance John, notre chef de canot.

Les berges pondent des pierres dans la rivière pour éventrer les hommes et régner à nouveau sur un monde qui rampe ou nage.

À travers moi, le fleuve laboure le silence : un peu d'écume, des floraisons de néant et de tourbillons jaillissent des sillons de l'étrave. Dormir à même le sol remet les os et les idées en place. L'insomnie éclate mon regard et l'éparpille en humus, ici.

Puis le chemin s'efface dans le rapide et dévore ses propres entrailles. Mon visage retient cette mémoire du courant, autre leçon de parole où la langue chavire dans le tumulte et le bruissement. Le temps est une nuit ouverte à la noyade et à soi-même mourant dans les épées de l'écume. J'épouse l'épuisement des flots et leur lyrisme d'arrachement. Je m'endors avec lui.

Saint John. La ville que nous traversons est brumeuse comme une femme alanguie dans le lait de sa fatigue, une mère ayant nourri tant d'enfants que sa gorge garde la trace humide des baisers. Pluie fine, coupante et grise. Une autre ville dans la ville : un supermarket à six étages, passerelles, quartiers et rues piétonnes. Il y a des musiciens entre les vitrines des galeries marchandes : on fête quelque chose. À force d'entendre cette langue dont je perçois un mot sur dix, il me semble vivre dans un aquarium avec des êtres qui égorgent leurs lèvres. Leur parole est calleuse et leur ivresse roule dans des mots plus grands que leurs bouches.

Le cinéma est minuscule, fermé l'après-midi. Un ou deux film à l'affiche, pas plus.

Une jeune fille danse une sorte de bourrée en kilt. Le public boit, mange, remue son corps d'animal. Le musée est fermé. Le bowling est fermé. La lumière est fermée.

Nous piétinons dans cette ville en riant de notre détresse. La nuit viendra comme une mariée en fuite.

Le retour est difficile. Vitesse limitée. Brouillard épais comme un Mountain Maples. Les routes sont noires, sans balisages ni éclairage. Le respect des limitations devient naturel. Je suis touché par ce pays humide et profond comme l'automne. Les jours d'hier, ensoleillés, me brûlent encore les bras, le front. Les yeux.

Cinq heures du matin. Un peu d'aurore plane dans la chambre, le couloir, puis sur le lac : elle suffit à guider mes mains vers les vêtements, les objets qui, tout à l'heure, prendront le pouvoir. Je réveille mon fils : il prépare le moteur et couche les lignes sur la coque. Le silence est là, liquide, posé devant. Le canot se faufile entre les herbes et les pierres. La lente descente du plomb nous accroche au matin immobile. Le trait rouge de nos flotteurs perce le front du ciel de frémissements invisibles. Très vite, les soies tremblent d'un fretin tiède, brillant sous les doigts, posé dans le seau vert où une foule de dos nage suçant l'air contre les parois. Nous partons ensuite, face aux herbes, tenter des proies plus grosses, des poissons aux noms de pirate, d'Indien bariolés, aux noms de sorciers et d'envoûteurs : Black Bass. Nos bas de lignes sont armés d'un câble tressé : beaucoup jusqu'alors ont scié nos nylons. L'attente est douce ponctuée de rires, de pain d'alouette, d'urine fumant par-dessus bord. Je deviens à nouveau le père.

Le lac est un œil immense. Les arbres toussent autour de nous, sans bruit, penchés sur l'ombre comme pour pousser un cri qui ne vient pas, un cri suspendu sur les eaux laiteuses, une seconde peau. Le ciel est englouti par cette blancheur brumeuse. Ce qui est en haut est en bas. Puis c'est la lente poussée. Rien ne présage, dans la plénitude des arbres et du droit fil de l'onde, cette plongée brusque du regard, tension des mains, des cœurs, des visages vrillés à la stridence des moulinets. Quelque chose a englouti la proie et se débat, s'évade. Les poignets apaisent les sursauts qui s'allongent, s'espacent un peu. La victime s'abandonne, tente un dernier crochet sous la barque, et finit entre les mains tremblantes du fils. Puis retourne au fleuve emportant la complicité de l'instant, scellant les flots à la brillance noire du secret.

Le calme horizon des lacs et cette beauté de forêt fougueuse éveillent mon désir. Je remercie mon corps de rebrousser chemin, oui, dans cette partie verdoyante, légère et fugace que l'on renonce aujourd'hui à nommer, là où le dehors entre en moi et où je dresse en lui ce qui m'exalte, mon cœur et ses propos de fleuve, là où les langues bruissent dans l'orage et où le supplice de vivre est un cristal, hostie de la pluie sur ma bouche, sentier qui derrière le visage franchit le mépris et toutes les pierres de la parole, je remercie mon corps d'enchanter mon venin, je le baptise à nouveau, larme, libellule, peuple de fourmis, partie de moi à venir, hirondelle et météore, j'invente un autre mot : lame de fond, couteau, chandelle, fleur de lierre, abeille dans le rire du cercle, couronne, acquiescement, cyclone : tout cela pour chuchoter la levée du jour entre mes doigts et comment la légèreté prend corps sur toutes mes boues.

D'autres fois, je m'affale. Et je maudis toutes les prairies. J'insulte ce qui m'a quitté et dont je ne connais même plus l'ombre, le parfum, la saveur.

Voilà de bien grandes phrases pour un peu d'insomnie. À quoi bon écrire sur la pointe pour ensuite ramper dans sa sueur ?

L'homme est debout. Puis il se couche. C'est le mouvement des arbres et des cadavres.

Écrire ne me soustrait à rien mais me rassemble sous la tenaille des lampes à suivre la voie oblique du regard.

Mes phrases tombent comme des corps. Je ne règne pas sur ce royaume.

J'ai pour mes morts l'attention que l'on porte à son jardin.

« Je » est un berceau de lumière. Une violence faite à la nuit pour la frapper d'une lueur minuscule, ouvrir dans son immensité quelque chose qui détourne la tête. On peut quitter « je ». L'épingler sur une planche tel un insecte rare, une pièce unique dans une collection de papillons. Mais surtout « je » peut s'échapper, se rebeller, se recroqueviller et tenir le vide contre lui, comme une révolte, un refus de dire, d'avancer, pour se perdre dans le bétail de la présence, le mutisme des pronoms refoulés. Le matin, alors, est chargé d'un tel silence qu'une pesanteur repousse les murs de la maison. Ce qui entre est large, invisible, offrant à la matière, une nouvelle présence. Les jours traversent la maison, sans bruit. Ils éteignent doucement la joie, les larmes et, bientôt, le bonheur léthargique dont ils ne soupçonnent plus la morbidité. Un peu de beauté est morte dans la bouche. À force d'interrompre le souffle, et de couper entre ses doigts le mouvement naturel de l'herbe, la main sursaute à chaque apparition de la phrase qui se brise alors sur la page. Comment se couler à nouveau dans l'évidence, le déferlement de la présence ?

JOURNAL ARGENTIN

C'est pauvre, abîmé, avec des visages qui pourraient être tous des oncles, des cousins ou des grands-pères. Je tousse : la fumée me pique aux yeux. On fume dans les aéroports comme dans les lieux publics. Au rond-point, on a retiré une sculpture. Il manque du ciment sur les bords. Plus loin, des rangées d'arbres noirs, immenses, torturés, longent la route qui m'éloigne du lieu d'atterrissage.

Le chauffeur trouve ma valise très lourde. Excusez-moi, c'est à cause des livres. Certains troncs ressemblent à des racines la tête en bas. Le taxi noir et jaune est un peu miteux avec un tableau de bord recouvert d'une moquette à longs poils, jadis violette. Sur la droite, des immeubles gris, ébréchés. Plus loin une sorte de bidonville, avec tôles, briques creuses, rouges, empilées en bicoques inachevées. Jamais vu un conducteur se contorsionner autant — il compte son argent, cherche ses cigarettes — et rouler aussi vite.

La nuit s'allume. Aussitôt, une rumeur gonfle, mêlée de cliquetis, de bruissements, de cris sourds. Des voix, de temps en temps, clament quelque chose que l'on ne comprend pas. Le long fleuve nocturne s'empare du monde et le renverse. Les femmes doucement s'éventrent en gémissant. Un souffle les traverse ensuite, les ouvre comme des figues mûres. Toute la pègre des ombres se frotte à ce bal nocturne dont chaque bouche, en chavirant, emporte le refrain. On se réveille, en racontant des rêves étranges, sans queue ni tête, en recueillant un peu de soi éparpillé dans l'autre. Dormir est cela, le don total à ce qui nous éloigne pour, un jour, nous prendre plus loin au travers du corps.

Dormir est l'infini de l'air accordé au mouvement des narines dans la mer chaude du sommeil.

Dormir est la volonté de l'orage sans éclair sans contour où se minent toutes nos parentés, nos liens avec l'homme. Nos patiences.

Dormir nous guide dans l'effondrement qui bêche la présence, l'inattendu sous la paupière.

Dormir nous lie à la force des équinoxes nous adossant à la fenêtre du regard.

Dormir tournoie d'oiseaux, d'espace, de corps enchevêtrés à nos doigts, à nos lèvres.

Dormir est la torture des lampes, l'épuisement du soleil en consentement, pour sentir sous le visage la fontaine de laine et sa robe chaude qui nous découvre à l'aube, en sueur, haletant d'étreintes vides, du ventre mouillé de celle qui ne viendra pas et que chaque rêve nous rend, intacte, dans le blé pur de la rencontre.

Dormir est un velours plein de rires et de mains, une larme comme un insecte, un cercle qui ressemble à quelqu'un.

Dormir est un sexe noir.

Rêve 1.
Torture de la beauté et de l'absence

Ton sexe et sa couleur d'encre de seiche brûlent mon regard sous ta robe rouge, je le sais là, enfoui comme ma parole, enfoui tel un sang lourd et ce qui, en moi, refuse l'absence, enfoui par ses traînées de voie lactée, Grande Ourse roulant dans ma bouche, ton sexe dans ses plis et ses peaux, mon visage y baise sa naissance, écarte en ton ventre le passage vers la nuit dont je reviens chaque fois avec des rêves de vol, de chutes dans la mer, de plongeons dans le salé de ta bouche et de ta gorge, ton sexe nage en moi, je nage en lui, mange, nage, mange, nage, soumis à ta main qui, au plus intime de mon ombre, effleure ce que personne encore n'a jamais touché, je ne sais qui je suis, dans la gorge de ton sexe, ma vie, aveugle, est dans l'attente d'une forme, cendre d'un coucher de soleil, ton sexe, ange ouvert à ma flèche, et tu saignes à blanc dans la longue écume de mes jambes, accroupie, offerte, livre qui s'ouvre seul à la même page, écrasé sur la table où les mains ne veulent perdre ni le lieu ni le jour de leur caresse, ton sexe et sa tendresse pour la mort du monde, haute arcade protégeant la ville, lumière de crin, de touffe, d'herbe brûlée, pluie engourdie de l'horizon qui la pénètre, la prend, la remue dans le miracle des averses, ton sexe dénouant l'inquiétude, ouvrant dans ma poitrine des prairies, des deltas plus larges, là où débordent l'intimité la plus nue, le commencement du ciel et de la terre, ton sexe m'éblouissant du mot à mot de ses reins, fendu à mon tour par tes doigts qui fouillent, cherchent l'amande entre mes fesses, la digue où je reviens à chaque fois plus vivant, sans étreinte, sans moi, ton sexe, adieu du temps, faveur de la veille sous les linges, quiétude où Dieu se repose, ride polie, voûte profonde, lune minutieuse dans sa dune, lenteur de golfe, paisible, resplendissante, plaine de la première fois, de toute chose enfermée dans son tumulte, palais du plus profond abandon, du bambou de ma verge qui te cherche femme, bataille, étoile, eau sombre, colonne entre deux ciels, entre deux jambes, ton sexe de nacre noire, œuf tombé sur la terre de la bouche des lunes, du chuchotement que j'entends comme si c'était ma voix, quand tu ne me regardes plus et que je tombe là où la nuit même se retire, là où même la mort oublie le corps et où pourtant toute chose s'anéantit, je t'en supplie, ne brise pas l'Éden, il tombera de lui-même, je pourrirai dans mon regard comme un fruit dans l'herbe, rongé par les guêpes, je pourrirai, quand tu regardes ailleurs, je suis sans vie, tes cheveux dessinent des arbres sur tes épaules, des nœuds où je pousse, blessure de l'orage sur le cercle de ta nuque, je suis le chien de ton ombre, j'attends que le loup noir me dévore, ton sexe, paisible et poli par mes lèvres, pierre où je frotte ma fièvre, ma mort, jeté dans ton abondance comme le lac dans la vallée, fleur de nuit, longue maison douce, pistil, miracle dans la plainte de mon cœur, oiseau qui me déchire sans bec, sans griffe, du simple mouvement de ses ailes, étang couché sur moi, berçant les carpes de mes mains, ta rue éclaire ma porte, il est à nous ce chemin qu'enfoncent nos pas dans la chair, flot agile enroulé à un mât, rizière, lac de mer dans le désert, j'approche la lande sèche de ma grâce, y cueille ton visage comme une amphore, une fumée lointaine, dans tes yeux, dessine l'anneau de tes ancêtres, cheveux, sourcils, pubis, allument sur ton corps ce feu noir, d'ébène et d'ombre, cette stupeur dans la blessure, louange du raisin noir, paupière serrée, effroi des ténèbres pour le ciel, mémoire dormante pour l'élu, pays où je m'abats, multiple, enlacé aux marécages, aux commencements qui défoncent ma poitrine, ouvrent ma joie, la défroissent, du fond de mon enfance, du fond de ma gorge, du fond de mon sang recouvert d'eau sur ta rose baignée de framboise, infini où j'entre, montagne fleurie de ce qui meurt en toi et s'offre, ouvert à t'emplir du cercle qui m'envahit, élargissant mon front pour tenir le ciel avant qu'il tombe, montagne par le fer de ma charge, visage écrasé de mûres, montagne mourante à tes pieds, en ton être, en ton ventre, montagne humaine écartelant ce qui tremble en elle, et le convoi qui offense ton lointain, montagne de ton sexe sur le mien, rocher qui pleure, cavalière me fouettant de ses cheveux, farouche, tissée du crin de sel des forêts, de choses inoubliables qui s'agitent et me quittent, tombeau de la lumière dans sa gloire terrestre, pointe tenace et dure d'une onde qui protège ses dieux, chiffon au sang doux, esclave du couteau qui tue le coq, là où Adam, tremblant, apprit à parler la croix, la chute et la mort, ton sexe, nouveau signe pour ma langue, santal du hasard et du néant, lente prière, reine d'un ordre d'agonie et de poussière, flanc de marbre et de lys où des poissons frottent leurs bouches aux algues, ton sexe accouplé de nuit, de maléfices, de désirs fracassés, forme que prend le temps dans sa pure intention, clarté du présent incendiant la maison —, ta rue s'aveugle, vers les bords monte une voix qui soupire, quelque chose descend dans la pénombre, et je m'obstine encore, recule à nouveau sous ta peau, chassé du secret de la mort qui arrive, j'accompagne l'éclair de ce tumulte, et le temps épuisé range la foudre sur le seuil, clôt les fenêtres où, rendus d'amour, nous dormons — ton sexe torturant les hommes qui le cherchent, t'offrant des palais, des hôtels, des promesses plus friables que la craie, et qui t'insultent quand tu te refuses d'un mépris qui te rend irréelle, ton sexe d'enfant et de poussière, de fièvre haïssable où tu voudrais oublier ton corps, tu pleures, et dans tes eaux le miracle encore baptise ton visage dévasté de néant qui scintille, iris au nageur que je suis, s'écarquillant à mon passage, ton sexe dans tes mains, ta bouche, ta chevelure, et te toucher, te voir, t'embrasser, c'est encore m'unir à toi, ne faire qu'un avec les mille et une nuits, ton sexe cachant le premier matin, le secret d'exister au-dedans, parole plus humide que les sources, eau fécondant l'aveugle du serment, ton sexe détissé, retissé, Pénélope du soupir des hommes, embrumé de formes qui jamais ne prendront visage, entre la flamme et la racine, je le brûle ici dans les neiges du livre.

Rêve 2.
Aux herbes

Je prends un avion pour aller manger des brochettes en *Patagonie*. Ici, le peuple est pauvre, la viande grillée, sublime. Est-ce parce que je survole la Pampa, cet immense désert ondulant, monotone et plat, je rêve d'inventaires. De listes flottant entre les nuages. D'un horizon de phrases se déroulant sous mes doigts le long d'un ruban de machine dont le cliquetis semble rendre l'âme. Ça parle de flaques, de noms donnés à la pluie, à la neige, dans toutes les langues et tous les pays du monde. Je ne sais plus très bien. Ça cherche à m'envahir, à accumuler les preuves d'une beauté qui s'ignore, s'abandonnant à l'énumération, au classement, au répertoire. Ça me submerge de mots comme des cailloux, des flocons, des insectes, toutes sensations confondues. Je me laisse manger par le silence. Un essaim me recouvre le corps de miel, de sable, de sueur. Je me réveille, en nage, dans le fauteuil du coucou, à cause des turbulences qui secouent la carlingue. Puis, pour écrire ce cauchemar, j'ouvre mon bloc sténo et par hasard, griffonne le mot « herbe ». Et la folie du rêve me tombe dessus. Mauvaises herbes, herbes potagères, fines herbes. Petites herbes, herbes de bonnes senteur, herbes de la Saint-Jean. Bouillon d'herbes, fêtes des herbes, herbes mortes. Herbes aux abeilles, herbes aux ânes, herbes aux anges. Herbes bénies, herbes à la Sainte-Vierge, herbes aux blessures. Herbes aux bœuf, herbes des bois, herbes de Brutus. Herbe à café, herbe à cailler, herbe au chancre. Herbe carrée, herbe au centaure, herbe charpentière. Herbe à la couture, herbe à la coupure, herbe aux cors. Herbe aux chats, herbe aux chevaux, herbe aux chèvres. Herbe à chiron, herbe aux chutes, herbe aux cinq côtes. Herbe au cocher, herbe au voiturier, herbe au militaire. Herbe au cochon, herbe au pourceau, herbe au panaris. Herbe aux cents nœuds, herbe du cœur, herbe collante. Herbe à la couleuvre, herbe à la crémaillère, herbe du défunt. Herbe à deux bouts, herbe à la diarrhée, herbe dragonne. Herbe aux écrouelles, herbe à l'écu, herbe à la pourriture. Herbe aux émouquettes, herbe aux enchantements, herbe sacrée. Herbe du sang, herbe du foie, herbe à tous les maux. Herbe aux épices, herbe à l'esquinancie, herbe à Robert. Herbe à éternuer, herbe au pêcheur, herbe sainte. Herbe des eunuques, herbe des philosophes, herbe des sages. Herbe à la faucille, herbe à la menstrue, herbe à la femme meurtrie. Herbe au chat, herbe au loup, herbe de la Saint-Georges. Herbe de feu, herbe au fic, herbe à la femme battue. Herbe à la fièvre, herbe à foulon, herbe au savon. Herbe à fromage, herbe aux gencives, herbe aux cure-dents. Herbe grasse, herbe à la gravelle, herbe aux gueux. Herbe à l'hirondelle, herbe à la jaunisse, verge de Jacob. Herbe aux ladres, herbe au lait, herbe aux mamelles. Herbe aux mites, herbe à morpions, herbe des murailles. Herbe aux oies, herbe aux oiseaux, herbe du pauvre homme. Herbe de la passion, herbe de la paralysie, herbe à perdrix. Herbe aux perles, herbe à pétun, herbe à picot. Herbe piège, herbe aux piqûres, herbe aux mille trous. Herbe au poumon, herbe au cœur, herbe de tac. Herbe aux puces, herbe à la quarte, herbe des ramoneurs. Herbe à la reine, herbe à rosaire, herbe royale. Herbe à Saint-Joseph, herbe de Saint-Julien, herbe de Saint-Pierre. Herbe salée, herbe au scorbut, herbe aux cuillères. Herbe aux serpents, herbe à la sonnette, herbe aux sorciers. Herbe sûre, herbe aux tanneurs, herbe aux teignes. Herbe aux pouilleux, herbe des tourterelles, herbe des troubadours. Herbe à vaches, herbe aux verrues, herbe aux vers. Herbe à la veuve, herbe à la Vierge, herbe amère.

L'avion se pose. La piste est brutale. J'ai mal aux oreilles. Je sors indemne et cueille, au bord de la piste, un brin d'éternité. Je mâche tous les miracles.

3.
Circulo de la Policia
353 San Martin
Buenos Aeres

À Buenos Aeres, les cabines installées dans les rues expliquent très prècisément, sur une notice bleue gravée dans un plexi contre le support du combiné, comment appeler l'étranger. Vous n'y parvenez jamais. Un opérateur alors vous annonce patiemment que les branchements n'ont pas été réalisés. Sauf dans quelques rues. Une nuit, j'ai essayé une trentaine de ces machines pour en dénicher une reliée au monde. J'ai réussi vers deux heures du matin. J'avais l'impression d'avoir gagné à un jeu télévisé.

Il y a donc des agences, des locutorios, ouvertes sans interruption de 8 à 19 heures, ceinturées d'une trentaine de cages numérotées, aux chambranles vitreux plutôt que vitrés, toutes armées d'un compteur et contrôlées par un bureau central branché sur ordinateur : ces rotondes vous offrent enfin la possibilité de parler à votre famille.

Il fait tellement chaud qu'on est obligé de laisser la porte ouverte, cela donne une mélopée bizarre ponctuée d'hispanismes et d'américanismes éructants.

J'ai téléphoné au peintre et au menuisier. Depuis un mois, la maison est entre leurs mains. Le premier est absent, le second me fait remarquer qu'il est tard. Je me confonds en excuses. Avec le décalage horaire, je l'ai réveillé à minuit, mais non, il ne dormait pas, en bagarre avec des factures impayées. À la fin de la conversation, sa voix devient plus grave.

— Excusez-moi, on ne vous a pas dit, mais il faut que je le fasse, personne ne sait où vous joindre, je ne sais pas si vous le savez, votre voisine, avant-hier, excusez-moi, mais Ginette est morte.

— ...

Rue Florida. Sous une horloge. J'attends une femme qui ne vient pas. Elle s'est trompée d'horloge. Devant moi, une autre femme trace sur des papiers posés au sol de mauvais dessins, au pochoir, à la bombe. Des loups, des licornes, des hommes tombés du ciel. Je suis paralysé. La foule autour de moi est floue. Je suis détaché d'elle comme la buée sur une vitre. Il me faut parler à quelqu'un. Annoncer à mon tour cette nouvelle qui me déchire en silence.

Je n'ai pas encore prononcé ton nom. J'ai peur de te nommer. De te perdre vraiment. J'enfouis ces deux syllabes, presque trois, là où personne ne viendra les remuer.

Je compte sur les doigts : c'est le même jour. On a posé un Velux dans la chambre, le jour de ta mort.

Jean bleu, anorak vert, vieux saxo jaune sale, et cette foule qui passe sur un air de samba sans savoir qu'elle est accompagnée, possédée par la musique de cet énergumène qui danse debout, trépigne : l'homme joue avec entre les mains le ventre ouvert d'une nuit qui le redresse, vêtement farouche du corps, des lèvres, menton levé à défier le troupeau. On entend ce qui est absent se taire et parfois, entre deux notes, la rue s'élargir comme un fleuve libéré du lit de ses yeux. Puis la voix rauque fauche à nouveau les silhouettes qui accélèrent — est-ce seulement pour ne pas donner une pièce ? — jusqu'au presque tombé s'ouvrant ici entre nos pas. La voix s'éteint enfin, rugueuse et tente une dernière fois de toucher le fond du puits et le corps sombre, étrange, de ce qui est tu. C'est simplement un homme de rien, de peu, muni de toutes les forces de l'abandon

Le jour de ta mort aussi un homme me disait que le texte où tu parles dans *le temps captif* était faible. Je l'ai haï. Je lui ai répété l'importance de la parole dans mes livres, ce musée fragile, éphémère, d'une autre présence au monde. Je me suis mis doucement en colère sans savoir qu'au même instant, à douze mille kilomètres, tu quittais tranquillement ton corps.

La mort est peut-être cet escalier noir, espagnol, qui monte du dedans sur un mur blanc, tout en haut d'une verrière sale où des vitres crassseuses attendent la pluie.

Je pleure mais ton image ne s'efface pas de mon regard. La foule me traverse doucement, sans me piétiner. Il me faut annoncer ta mort à quelqu'un pour me sentir à nouveau vivant. Tu as choisi notre absence pour partir à ton tour, toi dont le seul voyage fut tes pas entre ta porte et tes fleurs. J'ai peur de rentrer et ne trouver qu'une plaque de marbre noir. J'essaie d'imaginer ta tombe et comment en paroles te rejoindre. J'aurais voulu voir ton visage, prendre ta main. Je garde, de ma dernière visite à l'hôpital, l'image de ton corps de mère vêtu d'une simple blouse, ton visage rose, un peu tiré, et l'impatience à sortir de cette chambre où le tracé de ton cœur écrivait.

Ce matin, je suis dans mon lit. Je traîne. J'ai pris mon carnet et je griffonne ces notes dérisoires. C'est le téléphone encore qui m'a réveillé. J'ai voulu m'approcher au plus près de ma peine, parler de toi dans cette nudité de mon corps sous un drap. Je ne sais comment je suis rentré à l'hôtel. Je me souviens être tombé en suffoquant dans les bras d'Hélène et de Christina. Puis j'ai raconté ton histoire.

Ta porte est en face de la mienne et ne s'ouvrira plus. C'est cela pour moi ta vraie tombe. Je ne traverserai plus la route pour nos échanges de soupes. Ou simplement poser la clé de la maison. Ou encore dire quelques mots à ton visage inquiet. Je chuchote ton prénom à Dieu. J'invente une prière pour qu'il achève enfin ta solitude.

Par la fenêtre, je vois les gens dans la rue marcher vite, loin, longtemps, je ne sais pourquoi, il me font penser aux gitans.

Les *gens du voyage*, comme on dit, portent du ciel dans les bras, les hanches, de la pluie dans les mains, leur périple continue quand ils sont morts, dans les yeux des mères, sur les robes chamarrées des filles, pour s'habiller, ils prennent ce qu'ils trouvent, ici et là, du colza, des fougères, des tissus qu'ils nouent sur leur front, capturant leurs poitrines comme des oiseaux ou des lièvres.

Les enfants, ils les nourrissent au sein, les lèvent à bout de bras. Jadis, on racontait qu'ils les volaient dans les cours de fermes. C'est parce que leurs mioches ont des yeux de pigeons, des regards où sans cesse ils s'évadent.

La beauté brûle dans leur sang, furieuse, leur façonne des corps pour le vent, la marche, des corps émaciés où finalement la blessure chante, saccage les guitares.

Les gens du voyage meurent dans des lits blancs, on les couche dos à la fenêtre dans le pétrin du boulanger et la prière vient caresser leur chair pour libérer encore une fois toute la lumière.

Les vieilles femmes embrassent les poupées. Ou la figure d'un homme qui pleure entre leurs mains. Les anciens sont des sages, les sages, des enfants.

Dans la rue, ce n'est pas un coq, un bibelot ou de l'argent qu'ils dérobent, mais simplement la mort. Ils la connaissent et l'emmènent très loin en voyage entre leurs dures mains d'hommes pour qu'elle oublie, un temps, de prendre les familles.

Les gens du voyage me font penser à toi.

Il faut prononcer la douleur. C'est difficile. Le cri voudrait tout briser, et les larmes, en pliant le visage au-dedans, en agenouillant les yeux, le front, la bouche, les larmes rentrent les mots dans la gorge, effacent non seulement l'étincelle des yeux et du sourire mais celle aussi de la présence. Celui qui souffre brûle et brille de cette attente qui ronge et cherche devant la forme de la blessure.

Je n'ai d'autre désir, en écrivant, que prendre entre mes mains cette parole enfouie, la caresser, la bercer, je n'ai d'autre désir que ce profond silence dans la foule, cet étang où chacun descend, dans les eaux noires et touche, sur sa peau, le corps glacial de l'autre, mais ce n'est plus la mort, c'est l'instant où l'âme s'absente.

À part cet écarquillement du regard, des nerfs et des muscles, quand je ris, quand je pleure, je ne sais ce qu'est l'âme, à part ce grand visage, d'hommes et de femmes écoutant les mots dans le même corps unique, où respirer, bouger sont comme, à l'intérieur d'une mère, cette reptation. Il faut prononcer la douleur, l'articuler avec ses fleuves. Lâcher les chiens. Courir au plus près. Épuiser le fardeau. User une à une les cordes où est tenu en otage le plus pur de notre présence. Comme vous, maladroit, empêtré, j'avance, mon front posé doucement sur le front du livre, écoutant la phrase impro-noncée. Le mouvement est le même que celui de la douleur au bord de l'instant où elle glisse comme une couleuvre et s'ac-couple aux herbes du champ.

LES PLUIES DORMANTES

La pluie est l'acte le plus pur de mon sommeil. Elle me manque aujourd'hui, en ces jours de sécheresse. Une partie de moi est absente, dévastée, et veille, ne quittant pas des yeux, la fenêtre, la rue où tu marchais à petits pas en parlant à tes fleurs, et, dans mon corps, le tremblement discret du vent. Je me souviens de l'apaisement venu dans mon sang comme une chute du ciel sur le toit. Je me souviens de son picotement de paille, de sa rumeur de foin battu, du doux brassage des terres libérées enfin de leur sueur, de leur poussière. La pluie est une mère dans la maison, une présence chuchotée qui invente, dans ses flaques, une parole étrange, de rivière accourue, de fontaine penchée sur le corps des bêtes, de linge remuant les eaux entre les cuisses des femmes agenouillées. La pluie, dans les fougères, secoue le corps des mousses, des lierres, l'inondant du vert émeraude de la sève lorsqu'elle a bu l'orage et ses parures, l'averse et son calice. Les trottoirs débordent, barques d'un voyage immobile, le long des rues. Les terres s'éventrent sur les chemins, surgissent en crinières de boue, balayant l'horizon, le dévastant de leur amour. Les corps s'inclinent, se cachent, fuyant la bourrasque qui les perce, les fouette, pour avouer enfin leur soumission au ciel. Tout est calme pourtant. Pas un nuage. Pas une goutte. Mais dans ma mémoire, intactes, les pluies dormantes, et leurs images de murailles, de ciel écarquillé. Sur ton corps.

Les saules et les épines se courbent au passage des ombres pour un peu de fraîcheur en échange de l'odeur d'un homme. Il serait bon d'entrouvrir à nouveau le passage. Le pied, frôlant la terre, laisse éclore le chemin qui remonte tout au long du souffle, sang neuf d'une pomme mordue à pleine bouche dans l'acide après-midi de la lumière.

À tes flancs dorment des prairies de jonquilles, fournies de pissenlits, d'orties et de ronces. À la saison des maraudes, il se peut qu'au plus près de ton ventre, on fasse fuir l'eau des sources en un point inconnu du village, là où les bouches et les visages s'inclinaient pour boire. Pareilles à des renardes, les flaques remontent le vieux chemin qu'on baptise d'un nom sauvage.

Enfin, la grisaille. Derrière l'arbre, un peu d'ombre est venue là, briser la lumière et son arrogance. La fraîcheur me transperce et dépose dans mon sang une petite extase. La voix secrète du ciel est tout à coup ce front pesant incliné sur le sol. Il y a une plénitude, un espace infini dans cet écrasement. Les murs touchent, au bord de l'air, le lieu intime. Je n'ai rien d'autre à dire que ce vide, cette ambiance fredonnée, peu importe les paroles : le mouvement de la mélodie défroisse mes lèvres. Les rythmes de l'absence me comblent. Il y a un abandon du monde dans cette pénombre frôlant la chair, entre mon front et le ciel.

Je suis du côté des choses, là où nulle-part se cogne aux livres, dans la parole aux balbutiements de cailloux, aux chemins troués d'ornières, écrire me pèse comme les outils accrochés aux mains du père, fruits entichés d'ombre, de fatigue, écrire se confond à la mort et, du trait pur de la page blanche, entre mes mains, roulent des boucles de regards éteints, sur le cadavre de mes paumes, je suis du côté des hommes, avec le monde sur ma bouche, une ombre sur l'épaule : quand la lumière prononce une abondance, ajoute du langage à mon supplice, mon souffle est assiégé de cordes qui tombent du ciel dans la criblure.

Du vent. Du vent partout. Sous les portes, les tuiles. Contre les fenêtres. Du vent, à l'intérieur de moi, bousculant les mots, les images. Le vent d'une furie sans visage, sans origine. Je cherche à nouveau l'élan et ne rencontre qu'un chaos vide, sans contours, une prairie immense mise à sac par la lumière et ses colères. Le ciel, en tombant, emporte tout : les maisons, les voitures, les mots. Dégâts invisibles — j'en parle ici, dans le désordre soufflé par ma main sur la page —, blessures au-dedans, une sorte d'agitation roule sur elle-même en vagues, en tourbillons, et ça étouffe tout au fond, ça se tasse ; on dirait un lieu en ruine dévasté par les sursauts d'un vide qui voudrait emplir le monde. Les tourterelles paniquent. Les oiseaux s'arriment. Le souffle monte parfois si fort qu'on le sentirait à travers les murs. Le vent tourne dans la lumière, étreinte feuille à feuille d'une nuit dans les mots, envers de la vie qui ouvre subitement des gouffres.

Du plus loin que mes ombres accourent, louves mangeuses de lumière, derrière fenêtres fracassées, maisons rongées de pluies et de ténèbres, du plus loin que la mort et son fruit de couteau, au bord des lèvres, courbe sur mon visage le vertige ruisselant d'être, et plus loin encore, la vie acharnée, soucieuse, je trouve la nudité de l'arbre si proche, les mains que j'ai serrées, archanges tombés de la bouche où macèrent les sources, si chaudes dans les miennes, du plus loin qu'écrire m'ouvre encore à ne plus connaître mais à ramasser la sève brute, tourmentée des salives, ne trouvant plus, entre le désastre des visages simples et ma mémoire, dans quel néant me jeter pour réchauffer ma langue, ma bouche et toutes les vies glacées de solitude du presque rien de la rencontre, quand la blessure au lieu de briser donne relief au regard, ne sachant plus quel vide mâcher, mélanger à mes muqueuses, puis recracher entre mes paumes pour les laver du pouvoir, de tout désir d'étreinte, et ne plus rien toucher, caresser, sans amour, du plus loin que me viennent des histoires d'abandon, d'incertitude blanche comme un cadavre, de ciel englouti par le sang des os et du manque, j'ai honte de tout ce que je ne suis pas et même de ma ciselure. J'entends à nouveau le murmure, le frisson de la présence, un peu de vie au bord d'elle-même, s'abandonnant à l'ombre, à l'interstice, au rare. L'insulte de la préciosité me blesse. Je ferme les yeux comme le ciel, ici, comme toi aujourd'hui, je suis cet hiver intime de la conscience, à son moment de vacillement, ou plutôt j'entre en lui le laissant dévorer mon désir.

Le ciel est encore une moitié de mur. Je me tais dans l'espace minuscule de la parole, au début d'un matin inondé. La pluie au bord des branches est une agate, un bourgeon de silence en hiver. Quand je me tais, une autre phrase me prononce dans la grisaille inséparable de la lumière. Mon visage et ma bouche sont les feuilles mortes qu'un peu de vent balaie et pousse dans les flaques pour enfanter le givre des morts libérant leur parole.

Les eaux ne dorment jamais. Elles miroitent à l'envers. Le courant, sur leur visage, rentre les yeux au-dedans, pur flot de sommeil, d'images enfouies, de phrases aux couleurs de la nuit et du vent. Rien ne bouge, ce n'est pas la mort. Le mouvement stagne et danse. L'ombre glisse. La nuit et le jour s'enlacent. L'enfance remonte entre les roseaux et les sources. Sa brume épouse le ciel, l'arbre, la terre. Son lait fraie avec des carpes et des poissons imaginaires. Son corps brun se réchauffe dans un rai de lumière. Les pluies couchent dans des berceaux d'argile, habitent sans inquiétude les mains du promeneur. Elles gonflent sous terre les sèves et les racines, emportent plus loin les peaux du tilleul et du chêne, chevelures, étoiles filantes. La silhouette se fige, cherche un appui, puis va s'asseoir contre un arbre, un brin de prairie entre les lèvres.

L'insouciance inonde. Les eaux remontent le corps, touchent de leur fraîcheur, l'immobile et l'éphémère, le non et l'enfoui, à la recherche du cercle de l'iris. Les pensées se déploient dans le tourbillon du souffle, crèvent le talus de la surface pour gober un peu d'air, suffoquant d'une attente plus vieille que soi. Le sang, aux veines du cou et du poignet, cogne sa douceur de blé aux écorces puis se balance au rythme des épis, immense marée repliée sur la chair. L'ici palpite.

Devant l'étang, j'ai embrassé des filles, plaqué entre mes jambes leurs mains de nénuphar, frottant l'hymen jaune de leurs pétales à travers leur robe, leur blue-jean trop serré. Des aloses ont giclé de leur pâleur dans des frissons de mercure. J'ai serré le silence clair de l'herbe, roulé mon torse en boule avec les hérissons, les grenouilles et les têtards. J'ai ouvert toutes mes portes. Mon corps d'épine et de glaise s'est couché dans la vase, lisse et tiède comme la mort. Quand mon visage de loup mordait la poussière, une syncope nous emportait là-bas, tout au fond.

Il ne faudrait pas dire nous, mais tutoyer, retrouver les prénoms, la couleur des jupes et le détail qui doucement fait vaciller, emporte la raison dans les mouvements du désir. Boutons de nacre et transparence : l'ouverture du chemisier est une énigme maladroite. La bouche ne veut pas quitter son baiser et guide à tâtons. Le glissement de la main entre les cercles blancs, élastiques, qui résistent un peu, tourne son dos de brème à la surface et plonge vers l'inconnu. Puis la douceur du sein, sa perfection ronde, pleine de quiétude laiteuse, suspend le geste, le temps, l'être. Le sein de la première fille dans ma paume est un fruit sans Éden. Je mords une chute éternelle, sucée de neige, de sources, de rosée sur les pistils. Ce qui dort sous la lumière, les écorces, le toucher lisse des objets, c'est l'autre corps. De cela nous gardons peu de chose. Une nuit trouble, liquide, recouvre de matité et de tremblement les contours d'une étendue muette. Un signe parfois déchire cette absence pure et la traverse. Vais-je retrouver, dans cette langue des eaux, le serti immobile de ma parole ?

Aujourd'hui, le vide me cherche. Je n'ai pas trouvé d'autre mot pour dire le manque et ce qui me taraude, persécute mes nerfs, mes muscles. Vide est assez vague et précis en même temps. Cette chambre muette, tout autour, prolonge mon corps. Je m'y penche parfois et regarde à la fenêtre. Le monde n'est plus séparé de ma chair. Je pleure avec la pluie, brûle avec le soleil, m'éteint avec la nuit. Aujourd'hui, le vide me cherche et je lui parle à voix haute, en aval, en amont, goûte à ses pensées, à tout ce qui, inemployé en lui, s'est gorgé de ténèbres, de nuits bleutées. Aujourd'hui, le vide fait silence, poignées de pierres dans le feu qui étouffe.

Le village se montre à chacun, se montre comme un livre ouvert, libre devant soi d'éclore ou de fermer ses fenêtres puis rien, c'est calme à peine un bruit d'avion ou de chien c'est pareil. Ici l'insignifiant ruisselle. L'inondation du rien et le néant lavent goutte à goutte les gouttières les âmes les murs, au même niveau, au même étage. Le vide a raison et triomphe, remplit les yeux d'un seul mot, se resserre sur le dos des vieux penchés à la fenêtre guettant la rue avant qu'elle chute. On dira qu'ils sont morts. Mais non, la rue est tombée sur eux comme un arbre mort.

EXPÉRIENCE, ESPÉRANCE DE L'AUTRE CORPS

Vite m'asseoir pour écrire cette traversée en moi, mouvement remuant les ombres, les éclaircies, à peine ai-je prononcé, tracé dans la petite neige de ce bloc sténo, acheté en hâte dans une librairie, Gare de l'Est, où j'attends quelqu'un, à peine ai-je prononcé cet état de vacillement, de perte des enveloppes, aggravé par des conversations nocturnes, que mon regard à nouveau s'irradie d'une présence plus fine, brûlant les impuretés pour nourrir son mouvement, voilà je suis à la terrasse d'un café, je m'assois, vais-je retrouver le phrasé, le mouvement exact qui me poursuit depuis une heure, un crème s'il vous plaît, je me précipite et déverse, ce qui, à force de refluer, tout à coup se fraie un chemin dans mon regard, ce flot précieux, en l'instant, pour toucher au plus vivant, il y a un autre corps, cela est dit dans tant de livres, mais tous ceux qui font de leur existence une présence, tous ceux-là le savent, il y a un autre corps dont je m'éloigne à chaque seconde, et tout à coup il remue, je sens la chair de la phrase en moi, tourner sa langue dans mon sang, mon vertige.

L'autre corps est invisible. Mais il n'est pas intouchable. J'en fais l'expérience dans le poème quand d'autres le cherchent dans la musique, la peinture ou le geste. L'autre corps touche l'infini, l'espace en son point de contact avec le temps, là où le ciel se couche sur la terre. L'autre corps est ma conscience fraternelle de la matière, ne me plaçant plus au-dessus, mais au-dedans, perdant conscience justement, pour être, pour l'Être plus vaste que moi et sans visage, sans bien ni mal : en ce lieu-là recule ma mort dont je ne sais plus si elle est l'origine ou la source. Quelque chose d'étroit, de douloureux et de mortel touche quelque chose de plus vaste et s'y engouffre, m'apprend à vivre l'autre regard.

L'expérience en poésie est-elle un coma ? Ces trois mots, *expérience, poésie* et *coma,* une fois posés sur la page, sont des oursins dans le texte, durs, hérissés, blessant les mains, la bouche, tout geste voulant les effleurer, tout mouvement voulant les atteindre, me contraignant à l'extériorité, ou, en pensée, à me projeter dans la chair rouge, humide, du petit sexe de corail, à entrer dans l'œuf, à rebours, à le faire rouler sous ma langue qui frissonne. Frisson de la langue et de la chair : à quel endroit l'âme touche le corps ? sinon dans ce palais où, entre mes dents, j'ai avalé ma parole, fruit de mer, amer, éphémère, tombé dans ma grossesse comme au fond dans un puits d'où il rejaillira par les eaux de la femme que je ne suis pas. Je l'imagine elle, ma mère, maman, jeune fille, penchée sur moi, lisant à voix haute les lettres écrites par mon père, absent, retenu à la guerre d'Algérie, noyant sa voix comme moi, aujourd'hui, dans l'encre violette, pleins et déliés au pollen de petites fleurs mauves, naïves, amoureuses, et qui toute ma vie me colleront, dans l'attente de ce qui va venir, à la vitre du monde.

Je parle souvent du type assis à la fenêtre comme si ce n'était pas moi, homme ou femme, peu importe, plus je m'éloigne, plus je me trouve, et ce reproche du mensonge lyrique, je me le fais à moi-même. Je voudrais briser, serrer la phrase dans un corps à corps avec qui ? avec quoi ? mot à mot, le mouvement me rend un mouvement, un laisser-aller, une ampleur plus forte et violente que le meurtre du père. Le cadavre pris dans les glaces de la page scintille d'une autre vie. Ce que je ne sais pas faire, ce que je ne sais pas dire, c'est la mémoire de l'autre corps, rigide, inerte, avant que ma bouche ne le ranime.

Il y a dans le *poème*, un rythme plus organique, plus proche de la matière que les rythmes de la langue ou de la parole. J'écris de gauche à droite et de haut en bas, toute coupure dans le vers étant une entaille à même les veines, une hémorragie de neige.

J'imagine les yeux du lecteur quittant la page, la retrouvant, et dans ce va-et-vient refermant puis ouvrant le livre, rythmant de ses propres syncopes l'absence à soi, l'absence et la présence au monde. Tout vers est suspect dans sa décision de rupture avec soi, avec l'autre, avec l'enfermement de la mémoire : rythme et allitération. Il faut choisir entre le mot et le trait, le dessin et le volume, sachant que toute conviction est fausse, provisoire, mensongère et qu'au bas de cette page, il me serait possible d'écrire le contraire. Je ne le fais pas par finitude, lâcheté, esclavage à moi-même. Je ne le fais pas et le laisse faire malgré moi : une seconde nature me dicte son mouvement. Je piste une femme dans la rue sans connaître son nom, son visage ni même pourquoi elle pleure, elle ne se retourne pas, je ne sais où elle va me conduire, quand je lui lance « chagrin d'amour ? », elle rit aux éclats, et toujours de dos me répond « Non, la fac de droit a rejeté mon inscription, je ne sais pas ce que je vais devenir ! ».

L'étouffement. La fatigue. Le sentiment de perte du réel. L'absence. L'inertie. Le sang lourd. Le corps éclaté. Le mensonge. Le blottissement dans le vide. Le manque de confiance en soi. Puis la légèreté, la présence, la joie. L'unité. L'expérience m'oblige à reprendre, à chaque fois, ce chemin, à ne pas en oublier les deux bornes.

Le poème ou la mort me laissent dans la même stupeur. Je suis l'idiot du voyage et regarde, par la fenêtre, le paysage me traverser, me piétiner, abuser du chaos en moi. La langue peut-elle parler du frottement des atomes, de la danse des vides qui s'attirent, s'emboîtent et me mélangent déjà à cette gravitation éternelle. Le néant tournait-il sur lui-même ? Dieu est-il cette tension entre les vides, un arrêt de la chute suspendue à mes lèvres et au nocturne de la matière ?

Il pleut. Rien n'est anecdotique. Le présent de cet éphémère traverse ma page et l'inonde à son tour, d'un autre espace plus large. Il pleut. J'accueille l'âme des morts. Le grand fleuve de leur présence m'inonde. Les averses ont lavé la pourriture dans les cercueils et sous la terre, puis se sont jetées comme des chiennes dans les ruisseaux, dans les rivières souterraines. Et dans la mer. Les nuages ont cueilli dans les marées, entre les tourbillons d'écume et les berges, l'âme des morts. Un peu de leur chair retournée à la matière, un peu de leur invisible et de leur sang. Les chiennes ont lâché leur proie. Les nuages sont l'âme des morts. Par les draches et les averses, je renais à toutes les mémoires. L'éternité est dans les flaques, prisonnière de rien, de l'instant où elle danse avec le ciel et la terre.

Désirer le point très pur qui me relie à ce qui, infiniment plus vaste, ne se nomme jamais, tourbillonne, valse, m'emporte dans le cercle des gravitations à ricocher dans l'espace, à me dissoudre encore, à bouger au-dedans dans la ramure des arbres, la nonchalance des éléments, terre ou nuage, à me laisser porter brindille du nid, de la queue des fruits, de l'humus, du bec de l'oiseau à la rigole, de la paille des toits à celle des fumiers, ne perdant rien du Tout, le détail et l'ensemble, clair d'une présence dont seul le nom de Dieu m'autorise à rêver, ce point très pur, jamais inerte dans l'écriture qui est son geste, un outil parmi tant d'autres, entre mon cœur, ma tête et mon ventre, libère la chair et le sexe de leur pesanteur, par une chaleur vibrante, un chant de sève muet et lancinant, une douceur d'orgasme qui dure et jamais ne chute.

En tirant les mots comme les cartes d'un Tarot, nuit bleue, de haute clairière, tendresse du commencement, flot des ravins du ciel, j'entends la lumière désirer la forme, gémir et se glisser dans les phrases, les pleins, les creux, les déliés, s'incurver d'attendre la bouche et les yeux, souterraine d'abord, couleuvre d'abîme, rose sans regard, contraignant le regard tout entier à se plaindre du manque, à renoncer au regard, abdiquant pour que s'allume la pupille du dedans, le paysage sans contour, sans soleil, où le souffle à son tour devient le pouls des choses, le miracle, l'apparition.

Ce que je vois lorsque je dors ou lorsque je pense, c'est pareil. L'image brille d'une féconde présence qui n'a plus rien à voir avec l'autre lumière, et pourtant je la vois, je la pense, où est la source ? Ce qui m'inonde parfois est l'ombre dorée de la Sève. Le jour et la nuit vivent dans mon cœur l'autre moitié de leur visage, sans lequel, rien, jamais, n'aurait commencé.

Je quitte. Puis je retrouve le texte. Mais le mouvement s'apprend aussi sans le geste, la parole, sans la langue.

Est-ce la joie de l'origine, cette vastitude qui gonfle ma poitrine et dans ma gorge précipite un rire de miel et de sang sur les lèvres ? Un élan me traverse : lové dans mon pénis, il jaillit entre mes os, mes chairs, du bas des reins jusqu'à la nuque et la lumière ouvre entre mes omoplates un désir d'envol, un fourmillement où le monde entre et parle.

Quand la phrase retient son souffle, elle est muette, son regard porte loin, traverse la prairie, les arbres et le ciel, puis derrière, très loin, comme dans le reflet d'une vitre, monte une présence à soi sans limite, écarquillant le corps à l'extase, crâne ouvert à la fontanelle, chair épousant la légèreté de l'air, le mur émeraude de l'Éden. Il faut dormir les yeux ouverts, ne rien perdre de la nuit cachée derrière le jour, abîme en poussière, à genoux dans l'abîme.

Je peux tout dire à l'inconnu, tout ce que je n'ai pas su dire à celui que je connais, que je crois connaître, et dont la connaissance est ma prison, et c'est ainsi écrire, parler à l'inconnu, l'appeler Dieu, l'amante, le présence ou l'enfance, peu importe, le nom est perdu, je peux tout dire à l'inconnu et ce que je ne sais pas lui dessine un visage, un corps, une limpidité qu'aussitôt j'enfouis dans l'ardente obscurité où les forces ont le parfum du silence, où la puissance est déjà penchée vers moi et me regarde. Ce qui vit sans moi est aussi le ciel.

Quand ai-je choisi d'être moi plutôt qu'un autre, l'ai-je fait d'ailleurs, ou n'ai-je choisi le moi que pour ne pas être, peut-être dans mes actes, mais certainement au moment d'écrire, rejoindre le lieu où le moi touche le non-moi, et regarde passer quoi, l'autre ? le vide ? le hasard ? regarde passer dans le langage l'ombre où fomente dans le chaos le moment où je ne suis rien.

Le Tout n'est pas conscience. Le Tout cherche la conscience. Et trouve l'homme. Quand le Tout a trouvé l'homme et la conscience, il cherche encore. Le visible et l'invisible. Toute chose et son contraire. Puis renonce à s'appeler Bien ou Mal. La lumière est son mouvement pour réunir ce qui est épars. Alors le Tout reste le Tout et continue de le devenir.

Ce qui reste, c'est le goût du ciel tombé en bas, sur mes mains, sur mes lèvres, un goût de mort, de baiser sur le front d'un homme froid, immense, allongé dans le cercueil de son corps, touchant de sa seule nudité le cadavre de ce qui vient, de l'émotion qui me submerge et déjà s'éteint, le cadavre de ma mémoire, de toute croyance en Dieu, car l'être le plus cher, en déposant sa viande si lourde entre les draps, m'écrase et me brise, m'ouvre le cœur en deux, et la figure, et la poitrine, m'ouvre les paumes, et la chair derrière la chair, m'ouvre ce que je ne croyais plus possible, le gouffre dans mon sang où je peux tomber sans fin, m'ouvre les yeux derrière les yeux, le front derrière le front, le silence derrière le silence, je ne connais plus mon nom, ni celui de la personne qui meurt, Franck, Pierre, Jean, André, Ginette, Henri et Dominique... se vident de leurs syllabes froides, bulles de savon, ombres dans mon dos qui attendent un regard, un mot sur la page, une goutte de sang, que leur ai-je fait pour que leur blessure pleure vivante aujourd'hui dans ma bouche ? et plus loin encore, sur mes doigts, sur mon cœur, m'ouvre le souffle, et la fenêtre qui ne donne sur rien, la cour, la vieille maison d'en face, et les images fatiguées de vieillir, d'user mes yeux jusqu'à la pierre, m'ouvre la première page d'un livre qu'il me faudrait écrire, avec des mots précieux, fragiles et brûlants comme une plaie, un sexe de femme, une bouche cherchant une autre bouche, ici.

DU MÊME AUTEUR

Poèmes

Éditions Lettres Vives

LA FRAÎCHE ÉVIDENCE, *1995.*

LES PLUIES BATTANTES, *1996.*

RETOUR AU SANG, *1997.*

LA CHAMBRE AU MILIEU DES EAUX, *1998.*

LE CIEL ET L'ÉTREINTE, *1999.*

Chez d'autres éditeurs

TERRE POUR UNE LÉGENDE. *Cheyne, 1991. Prix Kowalski.*

LA VIE PAUVRE. *La Différence, 1992. Prix Max-Pol Fouchet.*

LETTRE PAR LA FENÊTRE. *Dumerchez, 1995.*

LA CLAIRE AUDIENCE. *Le cherche midi éditeur, 1995.*

ÉPREUVE DE L'AIR. *Éditions du Laquet, 1998.*

LA PAGE CLAIRE. *Alfil, 1999.*

Roman

L'ODALISQUE, *Flammarion, 2000.*

Récits

LA LUMIÈRE DU DEUIL. *Verdier, 1997. À paraître en Folio / Gallimard.*

LE DRAGON ET LA RAMURE. *Verdier, 1998. À paraître en Folio / Gallimard.*

LE TEMPS CAPTIF. *Flammarion, 1999.*

FEMME BUVANT DANS UNE COUR. *Flohic, 2000.*

UN LIVRE S'ÉCRIT TÔT LE MATIN. *L'arbalète Gallimard, 2000.*

Essai

L'ESPACE DU POÈME. *Entretien avec Bernard Noël. P.O.L, 1998.*

Scénario

ÇA COMMENCE AUJOURD'HUI. *Film réalisé par Bertrand Tavernier. Éditions Mango, 1998. Prix international de la critique à Berlin.*

UN ANGE À LA MER, *2000. Film réalisé par Jean Achache.*

DANS LA MÊME COLLECTION

ZÉNO BIANU, *Infiniment proche*, poème.
MICHEL BULTEAU, *L'effrayeur*, roman.
MICHEL BULTEAU, *Sérénité moyenne*, poèmes.
JACQUES DARRAS, *Moi, j'aime la Belgique !*, poème parlé marché.
LUDOVIC JANVIER, *Doucement avec l'ange*, poèmes.
MOHAMED KACIMI, *La confession d'Abraham*, récit-théâtre.
JEAN-PIERRE LE GOFF, *Le cachet de la poste*, feuilles volantes.
JACQUES REBOTIER, *Litaniques*, poésie-parade.
DOMINIQUE SAMPIERO, *Un livre s'écrit tôt le matin*, journal-récit.
DOMINIQUE SAMPIERO, *L'idiot du voyage*, récit.
SERGE SAUTREAU, *La Séance des 71*, roman.
FRANCK VENAILLE, *Le tribunal des chevaux*, romanesques.
JEAN-PIERRE VERHEGGEN,
On n'est pas sérieux quand on a 117 ans, zuteries.

Composition Graphic Hainaut.
Reproduit et achevé d'imprimer
par l'Imprimerie Floch
à Mayenne, le 2 mai 2001.
Dépôt légal : mai 2001.
Numéro d'imprimeur : 51466.
ISBN 2-07-076042-1 / Imprimé en France.

98274